I need you

AF208609

I. Das Treffen

„Emmy?", rief Richard McLester und betrat den Living-Room und suchte nach seiner Tochter. „Emmylou, mein Liebes, geh doch mal bitte nach draußen und seh nach, wer da gekommen ist." Das blondhaarige Mädchen legte ihr Buch zur Seite und ging nach draußen. Ein dickes Auto stand direkt vor der Veranda, aus dem ein älterer Herr ausstieg.

„Hallo, ich bin Gus O´Bryan, dein Vater kennt mich sicher", stellte er sich vor. „Der Junge im Auto ist mein Sohn Samuel, er wollte gern mitkommen, weil es auch um ein Pferd für ihn geht, dass er später reiten soll…"

Sam saß auf dem Beifahrersitz des Jeeps und rührte sich keinen Millimeter.

„… Sie und Ihr Vater verkaufen doch noch Pferde, nicht, Mylady?", schloss Gus seine Rede, auch wenn ihm Emmylou fast nicht zugehört hatte.

„Natürlich machen wir das", versicherte sie schnell, um jeden Verdacht zu vertuschen, dass sie nicht richtig zugehört hatte. „Aber wenn´s um Geschäfte geht, ist mein Dad der Ansprechpartner. Ich kann Ihnen höchstens die Pferde zeigen, die wir verkaufen wollen, aber das wissen Sie ja…" „Ist in Ordnung, Mylady, so eilig ist es nicht", versicherte Gus und zog eine Zigarette aus der Brusttasche, um sich in den Mund zu stecken und anzuzünden.

„Ach Gus, du bist's", rief plötzlich jemand. Richard lief auf seinen Freund zu und schüttelte ihm die Hand. „Schön, dass du mich mal wieder besuchst… das ist meine reizende Tochter Emmylou… wie geht's dir denn?"

„Oh, viel zu tun, wie immer", lachte Gus und zog an seiner Zigarette. „Die Geschäfte laufen momentan recht gut, ich kann nicht klagen."

„Freut mich, das zu hören", Richard legte Emmylou seine Hand auf die Schulter. „Wir haben nicht minder zu tun… zum Glück auch. Ich erinnere mich nur ungern an die Zeiten, in denen es uns wirtschaftlich so schlecht ging, dass wir kaum Geld für Essen und Kleidung hatten."

„Du sagst es", stimmte Gus zu, ehe er die Zigarettenschachtel in seiner Brusttasche verschwinden ließ. „Ich möchte genau zwei

Pferde, eins für mich und eins für meinen Sohn Sam."

Sam saß noch immer im Auto, auch wenn es dort ziemlich warm sein musste, und verfolgte alles, was sich draußen abspielte, durch die Fensterscheiben.

„Wenn er mal rauskommen würde", lachte Richard. „Aber anscheinend ist unser junger Bursche noch ein bisschen schüchtern. Er braucht keine Angst zu haben, meine Emmy beißt nicht."

Die Herren lachten und Emmylou versuchte, sich zu konzentrieren. Sam hieß dieser junge Bursche also, der sich die ganze Zeit ausgesprochen auffällig musterte.

„Komm doch raus, Sam", rief Gus nach seinem Sohn, doch es dauerte, bis er sich endlich entschließen konnte, aus dem Auto zu steigen und alle zu begrüßen.

„Nicht so schüchtern, mein Junge, damit kommt man nicht weit… und das kommt auch bei den Ladies nicht an", grinste Richard und es war unmissverständlich, dass er damit auf seine Tochter anspielte, die er zwar aller Welt präsentierte, vor allen Verehrern jedoch abschirmte. „Die wollen richtige Kerle, keine Halbstarken."

Emmylou konnte über diesen Ausspruch ihres Vaters nur müde schmunzeln, sie war derartige Kommentare seit sie klein war, von allen Seiten her gewöhnt. Als einziges Mädchen – neben ihrer Mutter – auf der Ranch hatte sie sich an die Männerdomäne längst gewöhnt.

„Lass mal, Dad, die Jungs von heute sind anders als die Jungs zu deiner Zeit", kicherte Emmylou und strich sich eine Locke aus dem Gesicht. Sam musterte die Blonde weiter – ihr Lächeln hatte etwas sehr anziehendes und auch der Rest war nicht zu verachten.

„Kommst du mit, dir ein Pferd aussuchen?", Emmylou sah Sam direkt in die Augen.

„Klar, gerne."

Gemeinsam gingen alle zur Koppel und sahen sich die Pferde an, die zum Verkauf standen.

„Ich hätte gern den Rappen da", sagte Gus und wies mit der Hand auf einen schwarzen Hengst, der sich gerade mit einem Fuchs ein spielerisches Wettrennen lieferte.

„Oh, wie ist der denn da hin gekommen?", Richard kratzte sich etwas irritiert am Kopf.

„Black Beauty ist nicht zu verkaufen, und das weißt du doch auch… Emmylou, hast du den Hengst etwa in das andere Gatter gelassen?"

„Nein, das habe ich nicht, Dad", widersprach Emmylou mit fester Stimme. „Heute morgen war ich die ganze Zeit mit Mum in der Küche."

„Ja, richtig", erinnerte sich Richard.

„Was ist, kann ich den Rappen nun kaufen?", bohrte Gus ungeduldig nach, während Sam noch etwas unschlüssig neben ihm stand und sich offenbar noch für kein Pferd entschieden hatte.

„Nein, sagte ich doch", wiegelte Richard ab. „Black Beauty ist nicht zu verkaufen. Er ist Schmuckstück meiner Ranch und war auch entsprechend teuer."

„Hör zu, Richard, ich zahle gut, sehr gut…", versuchte Gus seinen Geschäftspartner zu locken und zückte seine Brieftasche, als wollte er gleich einen Scheck ausstellen. „Nein, Black Beauty ist und bleibt unverkäuflich."

„Mit einem Narren soll man nicht verhandeln", knurrte Gus wütend, und wandte sich an Sam. „Komm, Sam, wir gehen, ich habe keine Lust mehr auf Geschäfte mit so einem Geizkragen, der nicht mal ein schönes Pferd mit einem Freund teilen will."

II. Wiedersehen

Die ersten paar Minuten der Heimfahrt schwieg Gus zornig, doch als die ersten Kilometer hinter sich hatten, verklärten sich seine verhärteten Gesichtszüge und er suchte das Gespräch mit seinem Sohn.

„Und?", fragte er.

„Was und?", sagte Sam und schob seine Sonnenbrille hoch.

„Was sagst du zu Emmylou? Ist sie nicht ein Prachtweib?", Gus kaute geräuschvoll auf seinem Kaugummi herum und machte lautstark Blasen, die er vergnügt zerplatzen ließ. Innerhalb weniger Minuten war ihm ein Plan gekommen, wie er sich bei Richard rächen konnte, dass er Black Beauty nicht rausrückte, denn es war nicht das erste Mal, dass er versucht hatte, seinem Geschäftspartner sein bestes Pferd abzuluchsen, doch bisher ließ sich Richard nicht weich klopfen, und um diesen Plan durchzuführen, brauchte er die Unterstützung seines Sohnes Sam.

„Hm, ´ne gute Partie scheint sie zu sein", urteilte Sam und ließ noch einmal alle Augenblicke mit ihr Revue passieren. „Von der Bettkante würde ich sie nicht stoßen."

„Wenn Emmylou mein Alter wäre… beziehungsweise, wenn ich noch einmal so jung wäre wie du, mein Sohn, ich würde einiges tun, um die Kleine zu kriegen", schwärmte er so gut wie möglich. „Das soll aber nicht heißen, dass deine Mum mir nicht mehr gut genug ist.", fügte er rasch hinzu, hatte er doch Angst, sein Sohn könnte es in die falsche Kehle bekommen und seiner Mutter erzählen, was er gerade von sich gegeben hatte.

„Schon in Ordnung, Dad", schmunzelte Sam. „Träumen ist doch immer erlaubt…"

„Die Zeit zum Träumen ist bei mir vorbei, mein Sohn, ich bin ein alter Mann", sagte Gus sachlich. „Du kannst noch träumen, und mache das, solang es nur geht."

Sam schloss die Augen. Emmylou als seine zukünftige Frau? Warum nicht? Schon als er sie das erste Mal gesehen hatte, spürte er dieses gewisse Kribbeln und es juckte ihm in den Fingern, und es wäre nicht schlecht, wenn…

„Hör mal, das, worüber wir gerade geredet haben, bleibt aber unter uns, ja?", riss Gus seinen Sohn aus seinen Träumen. „Nicht,

dass sich deine Mutter wieder über irgendetwas aufregt, was sei von wem auch immer, aufgeschnappt hat."

„Ich habe dir doch schon vorhin versprochen, dass ich nichts sage", versicherte Sam
und lehnte sich wieder zurück. Den ganzen
restlichen Weg sagte er gar nichts mehr,
sondern dachte nur an sein zukünftiges Leben – mit oder ohne Emmylou. So merkte
Sam gar nicht, wie sein Vater den Wagen
neben der Garage abstellte.

„Hey, Heißsporn, ich dachte, du hast un-
endlich viel Power?", lachte Gus und strich
sich über den Bart. „Und jetzt liegst du hier
und verschläfst noch die beste Zeit deines
Lebens."

„Ich bin halt auch mal müde, Dad", brummte Sam, ohne die Augen zu öffnen. „So ein
Leben als Playboy strengt an, das kannst du
mir echt glauben."

Gus prustete vergnügt: „Mein Sohn und ein
Playboy… wirklich bemerkenswert, wie du
dich einschätzt."

Gemeinsam gingen Vater und Sohn ins
Haus, wo schon das Essen fertig war.

„Und, wie war es bei McLester?", wollte
Elisabeth, Gus´ Frau und Sams Mutter, wis-

sen, als sie das Essen auf die Teller verteilte. „Habt ihr zwei schöne Pferde gefunden?"

„Das wohl", antwortete Gus grimmig, und trank einen kräftigen Schluck Bier. „Leider ist das Pferd, was ich haben wollte, nicht zu verkaufen."

„Ach, versuchst du es wohl immer noch, Black Beauty zu ergattern?", spottete Elisabeth herzlos. „Richard gibt dieses Prachtexemplar nicht her, da kannst du Gift darauf nehmen."

„Schöne Pferde hat McLester", knurrte Gus. „Leider ist er ein Sturkopf und will sie nicht teilen, deshalb haben wir heute nur geschaut, gekauft wird ein anderes mal."

Sam horchte auf. „Gekauft wird ein anderes mal", hatte sein Vater gesagt. Das bedeutete, sie würden wohl noch einmal hinfahren, obwohl sein Vater gesagt hatte, dort nie wieder hinfahren zu wollen, doch das bot ihm die einmalige Gelegenheit, Emmylou wieder zu sehen. Schon wenn er an die langen, blonden Haare dieser Schönheit dachte, bekam er richtige Gänsehaut, und der restliche Körper erst… . Sam stellte sich nur zu gern vor, wie es war, sie als Partnerin fürs Leben gewonnen zu haben.

„Sam?", rief jemand und drängte sich zwischen ihn und Emmylou. „Sam! Hörst du mir nicht zu oder was?"

„Wie bitte?", räusperte sich Sam und tat so, als habe er gerade aufmerksam zugehört, aber aufgrund der schlechten Akustik nichts verstanden – was eigentlich lächerlich war, denn man saß sich ja direkt gegenüber.

„Ob du auch ein schönes Pferd gefunden hast, was du dir vorstellen könntest, zu kaufen?", schalt seine Mutter ärgerlich. „Wieso hörst du mir nie zu, wenn ich rede?"

„Ich habe dir zugehört", wehrte sich Sam. „Es war nur die Akustik, die…"

„Ach hör auf", schimpfte seine Mutter unbeirrt weiter. „Du warst garantiert mit deinen Gedanken beim nächsten Abenteuer, ihr jungen Leute habt doch nur Unsinn im Kopf." Sam wurde rot, als fühlte er sich ertappt.

„Das stimmt nicht", setzte er an, doch im selben Moment wusste er, dass diese Diskussion sinnlos war, denn seine Mutter würde ihm nicht ein Fünkchen Recht zu sprechen – und sein Vater hörte sowieso selten zu, meist las er während des Essens Zeitung. Wenn er etwas sagte, dann meist nur: „Ja, Elisabeth, meine Liebe, du hast ja so recht mit dem, was du sagst."

Nach dem Essen verkroch sich Sam kommentarlos in sein Zimmer und begann, einen Plan auszuhecken, einen Plan, der riskant war, aber ihm – neben jeder Menge Spaß – auch noch jede Menge neue Erfahrungen bieten konnte, die er bisher noch nicht hatte machen können, jedenfalls nicht in dem Maße, wie dieses noch ungelebte Abenteuer sie ihm boten, aber er hatte tierisch Lust, einfach mal die Sau raus zulassen und das zu tun, worauf er wirklich Lust hatte: Rauchen, Trinken und Sex. Die passende Begleiterin hatte er in Emmylou gefunden, träumte er. Mit ihr abzuhauen…
Um sein Vorhaben in die Tat umsetzen zu können brauchte er das Auto seines Vaters, seinen geliebten Cadillac, den er seit ein paar Jahren erst hatte und hütete wie einen Goldschatz. Sam selbst hatte zwar keinen Führerschein, konnte aber Auto fahren, einen Teil hatte er sich von seinem Vater abgeschaut, einen Teil hatte er sich selbst beigebracht, wenn er illegal mit Kumpels, die schon fahren durften, durch die Prärie gedüst war, außerdem war er ein paar Mal mit dem alten Jeep, der mittlerweile bestimmt schon auf dem Schrottplatz, in alle

Einzelteile zerstreut, lag, herumgefahren und mehrmals hatte ihm sein Vater auch ein bisschen Unterricht gegeben, was interessierte ihn die Tatsache, das Fahren ohne Führerschein verboten war, auf einem privaten Grundstück kontrollierte sowieso niemand irgendwas und so war er durchaus in der Lage, den Cadillac zu fahren. Inwiefern das die Polizisten draußen in der Stadt sahen, wollte Sam lieber nicht wissen.

Er war voll Freude, als sein Vater ein paar Tage später zu ihm kam und ihm anbot, noch einmal zu McLester zu fahren, um nun endlich den Pferdekauf fest zu machen, ehe die besten Exemplare verkauft waren. Das auch dieser Besuch ein Teil von Gus´ Plan war, ahnte Sam nicht im Geringsten.

„Komm, Jungens", rief Gus nach seinem Sohn und Sam eilte herbei. „Es geht los, wir wollen doch nicht zu spät dran sein.

„Ja, richtig", stimmte Sam aufgeregt ein.

„Kannst es wohl nicht erwarten, dein eigenes Pferd zu bekommen, was?", schmunzelte Gus, der sich in Gedanken diebisch freute, denn sein Plan schien wirklich aufzugehen. „Welches Pferd hat dir am Besten gefallen?"

„Ich fand den Rappen sehr hübsch", log Sam, um zu vertuschen, dass seine Gedanken an Emmylou klebten. „Ich habe seinen Namen vergessen."

„Schade, McLester hat mehrere Rappen", überlegte Gus, der dieses Spiel zu gern mitspielte, denn alles lief zu seiner vollsten Zufriedenheit - bis jetzt. „Ich fand den Scheckigen, Micky, sehr hübsch, und ich glaube, das wird mein neuer Gefährte." Von Black Beauty war keine Rede mehr.

Sam knetete nervös seine Finger, die von Minute zu Minute schweißiger wurden, und wischte sie mehrmals an seiner Jeans ab. „Ist unglaublich warm hier", sagte er zu seinem Vater wie zur Entschuldigung.

Emmylous Herz klopfte bis zum zerspringen, als sie zufällig hörte, dass Gus und sein Sohn zu ihnen kommen würden. Sam hatte dieses gewisse Etwas, was sie von der ersten Sekunde an fasziniert hatte, Emmylou vermochte es selbst nicht zu beschreiben, was ihr Herz, ihre Seele, ja, ihren gesamten Körper erfasst hatte. Sein Lächeln war wunderschön, sein Körper war muskulös… es war einfach alles an ihm irgendwie richtig anziehend und Emmylou musste sich heftig zusammenreißen, um nichts die

Nerven endgültig zu verlieren, als sie das Auto, den Cadillac, durch das Ranchtor fahren sah.

„Oh", rief sie leise aus und warf einen hastigen Blick in den Spiegel, um ein letztes Mal zu überprüfen, ob sie wirklich so gut aussah, dass sie Sam gegenüber treten konnte, ohne sich zu blamieren. Dann huschte sie die Treppe hinunter und setzte sich – scheinbar seelenruhig, doch innerlich kochend vor Sehnsucht – auf den Koppelzaun, um sich noch etwas zu sammeln, ehe sie ihm wirklich gegenüber trat.

Das Auto wirbelte jede Menge staub auf und kam schließlich quietschend zum stehen. „Hallo Emmylou", rief Gus und streckte der jungen Frau die Hand entgegen.

„Wie geht's dir denn?"

„Danke, gut, und Ihnen?", vorsichtig lugte Emmylou zu Sam hinüber, der sie verstohlen musterte. „Ja, danke, das Wetter ist herrlich, ich bin bei bester Gesundheit", Gus holte tief Luft, schloss die Augen und stellte sich auf die Zehenspitzen. „Mir geht es bestens." Laut atmete er wieder aus. Wieso sollte es ihm schlecht gehen? Er würde Black Beauty vielleicht nicht bekommen, aber dafür lief alles an seinem

Plan wie am Schnürchen, und wenigstens das gab ihm Hoffnung auf Rache. „Nun, Mylady, wo sind die Pferde, die uns Ihr Vater verkaufen möchte?" Noch ehe Emmylou etwas antworten konnte, stolperte Richard auf seinen Geschäftspartner zu.

„Hallo, wie geht´s? Was machen die Geschäfte?"

„Bestens, alles bestens", versicherte Gus und zündete sich eine Zigarette an.

„Was für Pferde willst du nun haben, Gus?", erkundigte sich Richard mit einem Anflug von Ungeduld in der Stimme.

„Hast du es denn so eilig, dein Geld zu bekommen?", erkundigte sich Gus spöttisch und pustete Qualm in die Luft. Lange würde er nicht mehr fackeln, da war sich Gus sicher.

„Nein… aber komm doch erstmal rein in die gute Stube", lenkte Richard ab. Keiner sollte merken, wie dringend er jeden Cent brauchte. „Meine Frau kocht uns bestimmt einen schönen Kaffee…" „Hey, und was ist mit uns?", rief Sam irritiert.

„Seht ihr euch so lange die Pferde an oder unterhaltet euch", rief Richard zurück und verschwand mit Gus im Haus, denn bei einem Gratiskaffee sagte er selten nein.

„Gut", sagte Emmylou und musterte Sam. „Soll ich dir die Pferde zeigen? Aber eigentlich hast du sie schon gesehen oder willst du sie noch mal sehen?"

„Nein… nein, ich glaube, ich brauche die Pferde nicht noch mal ansehen", überlegte Sam hastig, schwenkte dann aber sofort um: „Aber schadet es was, wenn ich sie mir noch mal ansehe? Zeig sie mir ruhig noch einmal."

„Na dann, komm." Emmylou ging voraus und Sam folgte ihr. „Das hier ist Mickey, na ja, zumindest seine Box", lachte sie verlegen und öffnete die Tür, um die Box zu betreten.

„Schön", kommentierte Sam, obwohl ihm bewusst war, wie lächerlich der Kommentar eigentlich war. „Schön hat es Mickey hier."

Beide blieben stehen und musterten sich ausgiebig, ohne jedoch aufeinander zuzugehen. „Wie hübsch er ist", dachte Emmylou die ganze Zeit. „Und seine muskulösen Arme… herrje, würde ich mich gern mal in ihnen wieder finden…" Sam setzte zu einem Schritt in Emmylous Richtung an, blieb aber stehen, als er Geräusche hörte, die sich nach einer Weile jedoch wieder entfernten. „Waren wahrscheinlich nur die Stalljungen, die ein paar Pferde auf die Koppel bringen", meinte Emmylou, die nur darauf wartete, dass Sam endlich zu ihr kam. „Die kommen selten hier vorbei." Sam musterte das blondhaarige Mädchen und trat nun doch einen Schritt näher zu ihr.

„Was wohl dein Dad und mein Dad gerade machen?", fragte Sam, um überhaupt etwas zu sagen. „Wahrscheinlich Kaffeetrinken und darüber sprechen, wie schlecht doch die Welt ist", erwiderte Emmylou, ehe sie auch einen Schritt auf Sam zutrat und ihre Hand ausstreckte, sodass sie seine berühren konnte.

„Ja, das werden sie wohl tun", Sam beugte sich vor, damit er sehr nah an Emmylous Gesicht war. Die Frage, ob sie schon einen Jungen geküsst hatte, konnte sich Sam sparen, denn wer so hübsch war wie Emmylou, der hatte garantiert schon einige Erfahrungen gesammelt – in welcher Hinsicht auch immer.

Schließlich passierte das, was passieren musste: Emmylou küsste Sam, erst zärtlich, dann immer fordernder. Als sie von ihm abließ, sah er sie an.

„Tut mir leid", wisperte Emmylou. „Ich musste es einfach tun."

„Nein, kein Problem", widersprach Sam. Dieser Kuss bedeutete den Anfang von etwas, womit keiner der beiden gerechnet hatte, doch er hatte eine Lawine ins Rollen gebracht.

Hastig rannte Sam aus Mickeys Box und bemühte sich, einen coolen Gesichtsausdruck anzunehmen, Emmylou folgte ihm mit Abstand und tat so, als sei sie gerade sehr damit beschäftigt, Stroh aus ihrer Bluse zu pulen.

„Hast du dir ein Pferd ausgesucht, mein Junge?", fragte Gus, der Anstalten machte, zu gehen. „Hm… nein, noch nicht", stotterte Sam.

„Aber sagtest du nicht, dass du dir…"

„Schon", unterbrach Sam seinen Vater. „Aber dieses Pferd ist doch nicht so, wie ich mir es vorgestellt habe."

„Wie? Ja, überleg dir das noch mal, hörst du?", Gus stieg ins Auto. „Und nun, komm."

Sam stieg ebenfalls ins Auto und warf Emmylou einen viel sagenden Blick zu, den Gus lächelnd auffing. Teil eins seines Planes war aufgegangen, nun konnte er sich seelenruhig an Teil zwei machen. Entspannt lenkte er den Cadillac von der Ranch zurück in Richtung Heimat.

III. Familienstreitigkeiten

Emmylou lag abends noch lange wach und musste immer wieder daran denken, wie Sam küsste: dafür, dass er angeblich ein Grünschnabel sein sollte, hatte er verdammt viel auf dem Kasten. Woher diese Erfahrung kam, wusste sie auch nicht, und es war auch sinnlos, nach Antworten zu suchen.

„Schläfst du schon, Emmy, mein Liebes?", fragte Richard leise, als er ihr Zimmer betrat.

„Nein, Dad, ich schlafe noch nicht", sagte Emmylou, aber eigentlich hatte sie nicht die geringste Lust, mit ihrem Vater zu sprechen.

„Hör mal, können wir reden, Emmylou?", bat Richard seine Tochter.

„Wenn er mich mit Emmylou anredet, kann es nichts Gutes sein", dachte sie. „Sicher geht es um Sam." „Ja, was gibt's, Dad?", fragte Emmylou und bemühte sich, gefasst zu klingen.

„Ich mache mir Sorgen um dich, Liebes", sagte Richard sanft und streichelte die Locken seiner Tochter. „Ich möchte, dass du dich beherrschst und dich nicht irgendeinem x-beliebigen Jungen an den Hals wirfst, verstehst du?"

„Wen meinst du, Dad?"

„Hör doch auf, du weißt doch ganz genau, dass ich Sam meine", Richard schüttelte tadelnd den Kopf. „Ich möchte nicht, dass du dich zu etwas hinreißen lässt, was du später bitter bereust, verstehst du, was ich meine, Emmylou?"

„Was sollte passieren, was ich später bereue, Vater?", fragte Emmylou und wandte ihr Gesicht nun endlich ihrem Vater zu.

„Du lässt dich meiner Meinung nach auf eine Romanze ein, die du später bitter verwünschst", sagte Richard ernsthaft.

„Dad, was ist bisher passiert?", fauchte Emmylou. „Nichts, gar nichts. Wir haben uns unterhalten, wozu ihr uns übrigens selbst ermuntert habt, weiter nichts. Ich bin keine 3 mehr, sondern ein erwachsenes Mädchen. Ich kann gut auf mich selbst aufpassen."

„Du bist aber noch immer meine Tochter", schimpfte Richard, als er merkte, wie stur sich seine Tochter ihm entgegen stellte. „Und ich habe, verdammt noch mal, eine gewisse Aufsichtspflicht für dich zu tragen, die ich, im schlimmsten Fall bis zu deinem Tod, zu tragen habe, und ich würde es mir nie verzeihen, würde ich diese verletzen. Emmy, mein kleines Mädchen, ich möchte doch nur das Beste für dich, ich liebe dich und du bist für mich sehr kostbar."

„Schön und gut", erwiderte Emmylou kühl, die die Rede ihres Vaters nicht im Geringsten beeindruckt hatte. „Ich möchte glücklich sein, Dad, und Sam würde einen wesentlichen Beitrag dazu abgeben, dass ich glücklich bin."

„Du willst also sagen, dass du diesen Burschen schon länger ins Auge gefasst hast", stieß Richard hervor, dessen Ton nun härter geworden war. „Na schön, junges Fräulein, wenn du nicht hören willst, bitte. Aber lass dir eins gesagt sein: Dieser Gus ist ein hinterlistiger Dreckskerl, und sein Sohn wird nicht anders sein. Als Schwiegersohn werde ich in nicht akzeptieren… und solange ich lebe, werde ich aufpassen, dass du dich diesem Kerl nicht hingibst." Richard sprang vom Bett seiner Tochter auf und knallte die Zimmertür zu. Emmylou brach darauf hin in Tränen aus, allerdings keine Tränen der Trauer, sondern Tränen des Zornes.

„Immer muss mir mein Vater alles kaputt machen", schluchzte sie.

Unterdes hatte auch Sam eine Unterredung mit seinem Vater, aber die fiel wesentlich unterschiedlicher aus als die von Emmylou und ihrem Vater.

„Dir gefällt Emmylou, nicht wahr, mein Junge?", fragte Gus seinen Sohn und zog gelassen an seiner Zigarette. „Sie ist eine gute Partie… wäre ich du, würde ich mir das junge Ding schnappen und nieder knutschen."

Sam lächelte. Sein Vater wusste nicht, dass dies längst geschehen war, auch wenn es eher Emmylou gewesen war, die ihn nieder geknutscht hatte, aber das spielte keine Rolle.

„Ja, hübsch ist sie", lächelte Sam selig. „Und als Freundin sicher auch nicht schlecht."

„Schnapp sie dir, Emmylou ist eine gute Partie", bekräftige Gus die anscheinend noch wage Entscheidung seines Sohnes. „Du wirst es bereuen, sie nicht wenigstens ein paar Tage an deiner Seite zu haben."

„Worauf willst du hinaus, Dad?", erkundigte sich Sam, der langsam misstrauisch wurde, dass sein Vater ihn so sehr zu dieser Liebelei nahezu trieb.

„Ich möchte nur das Beste für dich, Sam", versicherte Gus mit fester Stimme. „Und glaube mir, dieses Mädchen ist gut für dich, und hübsch ist sie auch... was willst du mehr?"

Sam strich sich über die Haare. „McLester schien aber nicht besonders erfreut darüber zu sein, dass ich mich mit seiner Tochter so gut verstanden habe", bohrte er.

„Mist", dachte Gus. „Mein Sohn ist offenbar klüger, als ich gedacht habe... na egal, dann muss ich eben meine Strategie ändern, auch, wenn das sehr riskant ist."

„Weißt du, nicht jeder findet alles gut", sage er in väterlichem Ton. „McLester fürchtet um seine kleine Tochter, denn er liebt sie sehr, mindestens genau so viel, wie ich dich liebe. Für seine Kinder möchte man nur das Beste, verstehst du?"

„Wieso? Emmylou ist doch ein erwachsener Mensch", staunte Sam über den urplötzlichen Sinneswandel seines Vaters. „Darf sie nicht machen, was sie will?"

„Anscheinend nicht", meinte Gus. „Das verstehst du, wenn du selbst erwachsen bist und Kinder hast, auch. Lass dir gesagt sein, dass man vorsichtig sein muss, wenn man einen Menschen kennen lernen will."

Sam schüttelte verwundert den Kopf. Mit seinem Vater schien irgendetwas nicht in Ordnung zu sein, dass er seine Meinung über alles und jeden so schnell änderte. „Was ist los, Dad?", fragte er, dann ging er, ohne auf eine Antwort zu warten, in sein Zimmer und legte sich aufs Bett.

IV. Sams Plan

Emmylou wollte Sam auch in den nächsten
Tagen nicht aus dem Kopf gehen, ihr ge-
fühlvoller, weicher Kuss hatte in ihm die
Sehnsucht nach noch mehr geweckt, und er
wollte und musste diese Sehnsucht befrie-
digen, die in ihm brannte wie ein eben ent-
fachtes Feuer. In Gedanken fuhren sie mit
dem Cadillacs seines Dads die Highways
entlang, um irgendwo im Nirwana anzuhal-
ten… Leider waren es bis hier her nur
Träume, und von der Umsetzung dieser
heimlichen Sehnsüchte war er noch weit
entfernt, doch gedanklich bastelte Sam noch
immer an einem Plan.

Emmylou war noch immer zornig darüber,
dass ihr Vater ihr den Umgang mit Sam
verbot, obwohl er jetzt wusste, wie sehr sie
ihn liebte. Aber was blieb ihr anders übrig,
als sich ihrem Vater zu fügen, er hatte noch
immer die Macht über sie. Richard hatte
seiner Tochter jeglichen Kontakt zu Gus
und Sam verboten, er lud sie auch nicht
mehr zu sich ein, sich Pferde anzusehen, die
zum Verkauf standen, und gab es Geschäft-
liches zu regeln, wo wurde das nur noch per
Post oder am Telefon ausdiskutiert. Mit all

diesen Maßnahmen wollte Richard seiner Tochter die „Flausen aus dem Kopf zu treiben", doch es bewirkte nur das Gegenteil, wie er bald feststellen sollte, denn mit jedem Tag wuchs Emmylous Sehnsucht nach Sam und ihm ging es nicht anders. Entgegen aller Erwartungen beider erwies es sich nicht besonders schwierig, den Kontakt trotz des eigentlichen Redeverbotes aufrecht zu halten, sahen sich beide doch recht häufig auf Pferdemärkten, gegen dessen Besuch keiner etwas sagen konnte, denn sowohl Richard als auch Gus boten dort immer Tiere zum Verkauf an, auch wenn sie alles taten, um sich nicht über den Weg zu laufen. Emmylou und Sam taten hingegen alles, um so oft wie möglich einander zu begegnen und für ein paar Minuten heimlich und ungesehen in einer Ecke verschwinden zu können.

„Oh, wie habe ich dich vermisst", flüsterte Emmylou, als sie Sam hinter ein paar Strohballen zog, um mit ihr wirklich ungestört zu sein.

„Ich verstehe nicht, was dein und mein Dad gegen unsere Beziehung haben", wisperte Sam und genoss es, Emmylou so nah bei sich wie nur möglich zu haben.

„Obwohl mein Dad mich anfangs unter-
stützt und sogar nahezu dazu gedrängt hat,
eine Beziehung mit dir zu beginnen, scheint
ihm jetzt irgendwas an dieser Idee nicht
mehr zu passen, alles ist seltsam geworden,
findest du nicht auch, mein Schatz?"

„Ach Sam", kicherte Emmylou vergnügt.
„Denk nicht so viel nach, das schadet nur…
wichtig ist, dass wir glücklich sind…"
Während sie sich zärtlich küssten, tobte um
sie der Pferdemarkt, und niemand schien sie
zu beachten.

„Das darf ja wohl nicht wahr sein", rief
jemand, und Emmylou ließ erschrocken
von Sam ab. „Dad…", setzte sie zu einer
Erklärung an, als sie merkte, dass dieser
Ausspruch nicht ihr galt.

„Das darf ja wohl nicht wahr sein", rief eine
Frau und lief auf einen kleinen blondhaari-
gen Jungen zu, der vergnügt im Stroh saß
und Zitronenlimonade trank. Weder Emmylou noch Sam hatten ihn bemerkt und er
hatte ihnen wahrscheinlich die ganze Zeit
zugesehen.

„Wir suchen dich schon die ganze Zeit,
Arthur, und du sitzt hier im Stroh und
trinkst Limonade. Was hast du dir dabei
gedacht?" Der kleine Junge nahm seine

Limonadenflasche und folgte seiner Mutter, ohne auch nur ein Wort zu sagen, während nun auch sein Vater mit einer Strafpredigt loslegte: „Arthur, das ist nicht in Ordnung, hörst du…"

„Puh, ich dachte schon, es wäre mein Dad", seufzte Emmylou „Ich will lieber gar nicht daran denken, was passiert wäre, wenn er uns hier erwischt hätte, in flagranti, sozusagen."

„Hat er aber nicht, Emmy, meine Liebste", lächelte Sam glücklich. „Lass uns weiter machen, oh bitte." Emmylou streichelte Sams Wange.

„Wenn nur mein Vater nicht dagegen wäre…"

„Das ist es, worüber ich mit dir sprechen möchte, Emmylou", sagte Sam, nachdem er sich von den Lippen seiner Freundin lösen konnte. „Lass uns abhauen."

„Spinnst du, Sam?"

„Emmylou, es wäre nur für ein paar Tage, um unseren Vätern zu beweisen, wie wichtig uns unsere Beziehung ist", erklärte Sam. „Nur wir beide, in der Prärie…"

Emmylou schloss für ein paar Augenblicke die Lider, um sich bildlich vorzustellen, was Sam ihr gerade vorgeschlagen hatte.

„Und wir können wirklich die Sau rauslassen, ohne, dass uns jemand immer dazwischen quatscht", lockte Sam weiter. „Oh, es wäre fabelhaft… nur wir beide."

Zuerst sah Emmylou etwas unentschlossen aus, willigte dann aber ein. „Es ist riskant", überlegte sie. „Aber du bist es mir Wert, Sam."

„Wenn es je einen Menschen gab, den ich geliebt habe, dann bist du das", flüsterte Sam seiner Freundin ins Ohr. „Es wird fantastisch, wir können das tun, was ich schon immer mal tun wollte… es wir aufregend, das verspreche ich dir, Emmy."

„Sam", wisperte sie zärtlich. „Aber versprich mir, dass du ein anständiger Junge sein wirst, so wie es echte Cowboys sind…" Liebevoll streichelte sei seine Haare und zog ihn an sich, um ihn zu küssen. Beide verabschiedeten sich voneinander, ehe sie zu ihren Vätern zurück gingen, die schon ungeduldig auf sie warteten.

„Wo warst du?", herrschte Richard seine Tochter an. „Ich habe dich gesucht, Emmylou."

„Ich habe mir den Markt und die Stände angesehen", behauptete sie und blickte ihrem Vater unschuldig an, als könne sie kein Wässerchen trügen. Bisher hatte diese Nummer fast immer bei ihrem Vater funktioniert, um ihn mild zu stimmen.

„Komm aber das nächste mal früher zurück und trödle nicht so lange", knurrte Richard und bat seine Tochter ins Auto, ehe sie losfuhren.

„Sam, wo warst du?", rief Gus seinem Sohn zu, als dieser mit einer Limonadenflasche – die er sich nur zur Tarnung gekauft hatte – über die staubigen Wege schlenderte.

„Ich habe Limonade getrunken", sagte Sam, was durchaus stimmte. „Die ist echt lecker, Dad, du solltest sie auch mal probieren."

„Vielleicht ein anderes Mal", brummte Gus und packte seine Sachen in seinen geliebten Cadillac. „Jetzt komm, ich habe keine Lust auf Ärger zu Hause", ungeduldig schob Gus Sam ins Auto und knallte die Tür zu, ehe er geräuschvoll davonbrauste.

V. …in the back seat of a Cadillac…

In den nächsten Tagen verbrachten Sam
und Emmylou die Zeit hauptsächlich damit,
ihren Abenteuertrip vorzubereiten – so
sorgfältig vorzubereiten, wie es nur ging,
damit alles ungesehen passieren konnte und
niemand etwas von ihrem Vorhaben mitbe-
kam. Ungesehen packte Emmylou ein paar
Sachen in ihren Rucksack: ihr Portmonee,
Fotos ihrer Familie, auf die sie trotz aller
Abenteuerlust nicht verzichten konnte und
wollte, einen Fotoapparat, um die unver-
gesslichsten Momente dieses Trips festhal-
ten zu können, etwas zum Schreiben - falls
Sam ihr zur Einstimmung auf diesen Aus-
flug einen Liebesbrief schreiben wollte,
einen Rasierer, eine kleine Flasche Sekt, die
ihr Vater ihr einmal irgendwann geschenkt
hatte, und neben frischen Sachen noch ein
paar andere Kleinigkeiten, auf die sie einfach nicht verzichten konnte, wohin es auch
ging.

Sam packte zur ungefähr gleichen Zeit seine Sachen, ebenfalls heimlich, um jeglichen
Verdacht zu vertuschen, dass er abhauen
wollte. Die Sachen, die in seinen Rucksack
wanderten, unterschieden sich völlig zu

denen, die Emmylou eingepackt hatte: Zigaretten, die er seinem Vater geklaut hatte, denn er wollte unbedingt wissen, wie es war, zu rauchen, denn sein Vater hatte es ihm – obwohl er selbst rauchte – strengstens verboten, auch nur zu probieren, ein paar Flaschen Whiskey, die Sam ebenfalls von seinem Vater hatte, um sich wenigstens einmal in seinem Leben richtig betrinken zu können, Eau de Toilette – es war unverzichtbar für einen Mann von Welt, dass er gut roch -, einen Discman, damit er seine Lieblingsmusik auch unterwegs hören konnte, frische Wäsche, und, das allerwichtigste, ein Buch über Kamasutra, denn auch wenn Sam nicht fest damit rechnete, dass es so weit kommen würde, so wollte er doch für den „Ernstfall" gerüstet sein, damit sich seine Liebste nicht beschweren konnte, er würde es nicht bringen. Das Buch hatte er ebenfalls bei seinem Vater in der Schrankwand gefunden, doch der ausgesprochen gut erhaltene Einband zeugte nur davon, dass es kaum gelesen worden war, anscheinend hatte sich Sams Vater, der sich gern als „alter Bock" bezeichnete, sich nicht getraut, da öffentlich reinzuschauen.

„So, das wär´s", murmelte Sam und schnürte den Rucksack zu. „Ich bin bereit für das

wohl größte Abenteuer meines Lebens…
auf das es etwas werde, so Gott will."

Die letzte – und schwerste – Hürde lag allerdings noch vor ihnen: Sowohl Emmylou als auch Sam mussten sich ungesehen aus dem Haus stehlen, um ihr Abenteuer beginnen zu können, wobei bei Sam noch erschwerend hinzukam, dass er das Auto seines Vaters stehlen und möglichst geräuschlos vom Grundstück befördern musste. Es fing schon damit an, dass es eine Kunst für sich war, an die Schlüssel für Gus` „Baby" zu kommen, wie er seinen Cadillac liebevoll bezeichnete, denn die Schlüssel wurden nicht etwa im Flur aufbewahrt, nein, um an sie zu kommen, musste Sam in das Schlafzimmer seiner Eltern „einbrechen", was mehrere unangenehme Situationen bedeuten könnte, denen Sam sehr gern entgehen wollte. Da Gus jeden Abend vor dem schlafen gehen überprüfte, ob die Schlüssel an ihrem angestammten Platz hingen – was eine Macke von ihm war – war es Sam auch nicht möglich, sie im Voraus zu bekommen. Alles war ausgesprochen unglücklich, aber Sam beschloss, alles zu tun, was in seiner Macht stand, um die Schlüssel zu bekommen, denn sie öffneten ihm die Türen zu Emmylou, die er einfach nicht enttäuschen konnte. „Also gut", dachte er, als er auf seinem Bett saß und auf die gepackten Sachen starrte, die er unter seinem Schreibtisch versteckt hatte.

„Jetzt hängt alles davon ab, wie viel Glück ich habe und wie viel Geschick ich beweisen kann." Leise erhob sich Sam von seinem Bett und sah verstohlen zur Tür hinaus. Im Living-Room brannte noch Licht, anscheinend konnten Dad und Mom mal wieder kein Ende finden, und schweigen sich bei einem Glas Rotwein wieder ewig an, bis einer von ihnen einschlief, weil sie sich nach gut 20 Jahren Ehe kaum noch etwas zu sagen hatten.

„Dann warte ich eben noch", Sam setzte sich auf sein Bett und versuchte, nicht einzuschlafen – zur Sicherheit hatte er sich einen Wecker gestellt – auch, wenn ihm das von Minute zu Minute schwerer fiel. „Denk an Emmylou, denk an Emmylou", dachte er die ganze Zeit, um gegen seine wachsende Müdigkeit anzukämpfen, die ständig größer wurde, am Ende aber schlief er doch ein. Erst sein rasselnder Wecker riss ihn wieder aus den Träumen und schweißgebadet schreckte er hoch, weil er dachte, er habe verschlafen, und es war bereits morgen, doch als er aus dem Fenster sah, leuchtete nur der Mond. Rasch erhob sich Sam und schlich geschmeidig wie eine Wildkatze durchs ganze Haus, bis er vor dem Schlafzimmer seiner Eltern stand. Vorsichtig legte er ein Ohr an die Tür, doch alles war still, es waren keine Geräusche zu hören, die auf eventuelle Aktivitäten hinweisen könnten. So leise wie möglich öffnete Sam die Tür und schlich durch den Raum, wobei er sehr groß Acht gab, sich nirgendwo zu stoßen oder etwas umzuwerfen, bis er endlich vor dem Schlüsselbord stand, das voll mit silbernen Schlüsseln behangen war. Dummer Weise wusste Sam nicht, welcher der vielen Schlüssel der Autoschlüssel war, doch es war viel zu riskant, alle durchzuprobieren bzw. – zu fühlen, deshalb entschied sich Sam, alle Schlüssel einfach mitzunehmen, auch wenn das bedeutete, dass sein Vater am nächsten Tag sehen würde, dass die Schlüssel weg waren, aber für dieses Abenteuer war ihm alles lieb und recht. Also sammelte Sam alle Schlüssel ein und huschte rasch wieder nach draußen. Laut klimpert fiel einer der Schlüssel aufs Parkett.

„Scheiße", fluchte Sam und blieb wie angewurzelt stehen, um zu überprüfen, ob auch alle still war. „Oh Darling", rief sein

Vater im Schlaf und Sam war sich sicher, dass er damit nicht seine Mutter meinte. „Geh nicht!"

„Ja ja", brummte Elisabeth im Halbschlaf und drehte sich geräuschvoll auf die andere Seite. Es schien keiner etwas gehört zu haben, und Sam atmete erleichtert auf, dann schloss er die Schlafzimmertür und suchte sich im Flur die richtigen Schlüssel für den Cadillac heraus, ehe er seine Sachen schnappte, sie ins Auto warf und einig davon fuhr. Obwohl Sam keinen Führerschein besaß, hatte sein Vater ihm Auto fahren ein bisschen beigebracht, und Sam dachte sich immer, dass es gar nicht so schwierig sein konnte, so ein Ding zu fahren und so hatte er in dieser Hinsicht auch ein wenig Selbststudium betrieben, was ihm nun zu Gute kam. Fröhlich brauste Sam die dunkle Straße entlang, und bereits nach wenigen Kilometern hatte er das Gefühl für das Auto wieder und er lenkte es, als hätte er seit seiner Geburt nichts anders getan, sicher über die staubigen Wege, hin zur Farm, zum Zuhause seiner Liebsten.

Emmylou hatte es etwas einfacher mit dem Abhauen, auch wenn auch sie erst warten musste, bis ihre Eltern ins Bett gegangen waren und auch wirklich schliefen.

„Gute Nacht, mein kleines Mädchen", sagte Richard zärtlich zu seiner Tochter, ehe er sich selbst zu Bett begab und sobald alles ruhig im Haus war, sprang Emmylou aus dem Bett, schnappte ihre Sachen, die natürlich längst gepackt waren und eilte in den Living-Room, um aus dem Fenster zu klettern, denn ihr Vater pflegte die Haustür aus Angst vor Einbrechern immer zuzuschließen., und sich nun endlich auf den Weg in die Freiheit zu machen. Rasch lief Emmylou die Straße entlang und setzte sich auf die Lichtung, wo Sam sie abholen wollte, um auf ihn zu warten.

Ihr Herz schlug bis zum Zerspringen, als sie ein heranfahrendes Auto hörte, und aufgeregt wie ein kleines Mädchen sprang sie in den Wagen.

„Oh Sam", jauchzte sie, „Oh Sam, du bist wirklich gekommen, das ist wunderbar…"

„Später, Liebste", schob Sam sie zurück, als sie ihn küssen wollte. „Jetzt lass und hier verschwinden, in ein paar Stunden sind wir wirklich frei…"

Gehetzt wie ein Räuber auf der Flucht vor der Polizei – beide hofften inständig, dass sie ihnen nicht begegnete und ihr so sorgfältig geplantes Abenteuer beenden würde,

ehe es überhaupt richtig angefangen hatte –
peitschte Sam die Highways West Virginias
entlang, bis er endlich das Gefühl hatte,
weit genug von der Farm seines und Emmylous Vater weg zu sein und schließlich
hielt er an, und stellte das Auto auf einen
freien Platz mitten in der Prärie.

„So, jetzt können wir", sagte er atemlos, als
wäre er gerade einen Marathon gerannt.
„Ich wollte nur nicht, dass…"

„Schon ok", unterbrach ihn Emmylou leise
und lehnte sich an seine Schulter. „Ich hätte
genauso gehandelt."

„Wirklich? Oh, Emmy, es ist so wunderbar,
dass das geklappt hat… der Rest unseres
Abenteuers liegt in unserer Hand", Sam
spielte mit der Hand seiner Freundin. „Nur
in unsere Hand… lass uns das tun, was wir
schon immer mal wollten und worauf wir
wirklich Lust haben, verstehst du?" Emmylou streckte sich und küsste ihren Freund.

„Lass uns anfangen, wenn die Sonne auf-
geht, oder meinst du, ich möchte das größte
Abenteuer meines Lebens verschlafen?"

Sam holte eine alte Decke aus dem Kofferraum und auf der Rückbank des Cadillacs
lagen beide eng aneinander geschmiegt und

begleiteten sich gegenseitig ins Land der Träume, bis die Sonne sie weckte.

VI. Ich rufe die Polizei!

Richard war wie üblich sehr früh auf den
Beinen, die Farmarbeit war anstrengend
und niemand konnte es sich leisten, auch
nur einen Tag die Füße hochzulegen und
nichts zu tun. Seine Frau schlief meist noch,
als er schon die ersten Pferde mit den Stalljungen eingeritten hatte, und die beiden
Söhne halfen ihrem Vater immer tatkräftig,
seitdem sie alt genug dafür waren. Emmylou hatte immer eine Sonderposition einge-
nommen, wohl weil sie Richards einzige
Tochter war, und er sie sehr liebte, deshalb
hatte er sie auch nie zu derselben anstren-
genden Aufgaben gebeten wie ihre Brüder.
Zusammen mit ihrer Mutter kümmerte sich
Emmylou um den Haushalt, lernte kochen,
putzen und nähen, alles, was eine Frau in
einem Farmerhaus beherrschen musste, und
damit hatte sie genug zu tun, wenn sie nicht
gerade über ihren Hausaufgaben brütete
oder die Zeit sich mit Freunden oder auf der
Koppel vertrieb. Wenn es möglich war,
schliefen die Frauen auf der Ranch relativ
lange, und so wunderte es auch keinen, dass
Emmylou zum Frühstück nicht erschien.

„Wer weiß, wie lange sie gestern Abend wieder über ihren Büchern gehockt hat", sagte Richard, als er die Treppe hinunter kam, zu seiner Frau, die schon mit dem Frühstück auf ihn wartete. „Sie ist ja in der letzten Zeit besessen auf Lesen und all so einen Kram. Ich sag´s dir, Miranda, sie wird die beste Politikerin des Landes."

„So, meinst du", amüsierte sich Miranda und trank einen großen Schluck Kaffee. „Ich finde manchmal, sie arbeitet zu viel. Wieso geht sie nicht aus und trifft Jungs, so wie alle Mädchen das in diesem Alter machen? Stattdessen steckt sie ihre hübsche Nase lieber in ein Buch."

„Ach ich bin froh, dass Emmy nicht so ist wie all ihre Freundinnen, die ständig mit anderen Typen im Bett liegen", sagte Richard und biss in sein Toast.

„Wie lange willst du deiner Tochter noch den Umgang mit Jungen verbieten, Richard?", fragte Miranda in belehrendem Ton. „Jedes Mädchen entdeckt die Sexualität für sich, ob mit 17 oder mit 27, das ist egal."

„Ich glaube, meine Liebe, du verstehst nicht, was ich meine", knurrte Richard. „Ich möchte sie vor den ganzen Mistkerlen da draußen schützen, die nur darauf aus sind, unschuldige Mädchen flach zu legen…"

„Du bist doch auch nicht ganz rein in dieser Hinsicht", konterte Miranda und die Söhne fingen an, zu Kichern. „Wenn man den Geschichten deiner Mutter Glauben schenken darf, hast du in deinen wilden Jahren auch nicht wenige Mädchen gedatet…"

„Diese Zeiten sind vorbei, und ich möchte nicht, dass meine Tochter dieselben schmerzhaften Erfahrungen machen muss, die ich machen musste", erklärte Richard sein Verhalten von damals. „Trotzdem werde ich sie jetzt langsam mal wecken gehen, es ist schon fast 10.00 Uhr durch, und sie kann ja nicht den ganzen Tag verschlafen."

„Lass sie doch", bat Miranda. „Wenn sie um die Mittagszeit aufsteht, ist das in Ordnung. Schließlich hat sie heute keine Schule."

„Na gut", Richard erhob sich, und setzte sich seinen Hut auf. „Kommt ihr?", rief er, und seine Söhne folgten ihm.

Miranda kümmerte sich um den Haushalt, doch als Emmylou auch zur Mittagszeit immer noch nichts von sich hören ließ, wurde auch sie stutzig, denn es war nicht üblich, dass ihre Tochter so lange schlief.

„Na, ich werde doch mal hochgehen und schauen, was sie treibt", beschloss Miranda und ging die Treppe hoch, die zu Emmylous Zimmer führte.

„Hey, Emmy, bist du schon wach?" Niemand antwortete.

„Schläfst du noch?" Wieder keine Antwort.

Schließlich wurde es Miranda zu bunt und sie öffnete die Tür. „Hallo?", fragte sie leise, fand aber nur ein leeres Bett vor. War Emmylou schon unterwegs? Unmöglich, jemand musste sie doch gehört haben. Trotzdem machte sich Miranda auf die Suche nach ihrer Tochter. Sie ging durch den Stall, über die Koppel, schließlich bis zum Futtersilo.

„Hallo", sagte Richard. „Suchst du jemanden?"

„Ja, Emmylou", entgegnete Miranda. „Ihr Bett war leer, als ich sie wecken wollte. Sie ist verschwunden, und ich dachte, ich finde sie irgendwo draußen."

Richards Gesicht verdunkelte sich. „Das Mädchen wird doch nicht…" Dann brach er ab und stellte den Wassereimer ab. „Ich helfe dir suchen, und wenn sie bis heute Abend nicht da ist, beziehungsweise nicht an ihr Handy geht – wozu haben wir ihr so ein Ding sonst geschenkt – rufe ich die Polizei. Wer weiß, wo sich das Mädchen rum treibt… ich wette, sie ist bei diesem Sam, diesem - "

„Richard", ermahnte Miranda ihren Mann. „Lass uns suchen, dann können wir weiter sehen."

Auch Gus hatte das Verschwinden seines Sohnes bemerkt, hatte es aber wesentlich ruhiger aufgenommen als Richard, auch wenn ihn der Verlust seines geliebten Cadillacs sehr schmerzte, wenn es dazu diente, seinem Geschäftspartner eine Lektion zu erteilen, war ihm jedes Mittel recht. Sam war ein großer Junge, und er würde schon sicher von seinem Abenteuer zurückkommen. Es war offensichtlich, dass er zu seiner Liebsten gefahren war. Elisabeth saß, wie immer mit mürrischem Gesicht, gefasst am Küchentisch und starrte vor sich hin.

„Gus", sagte sie schließlich mit monotoner Stimme. „Ich rufe heute Abend die Polizei, wenn der Junge nicht auftaucht."

„Tut das, Liebste", sagte Gus in gewohntem Trott, ehe er seiner täglichen Arbeit auf der Farm nachging.

„Miranda, es ist gleich 21.00 Uhr, und von Emmylou ist noch immer keine Spur", sagte Richard ungeduldig und griff zum Hörer. „Ich rufe die Polizei an."

„Dann mach das, Richard." Miranda wunderte sich zwar auch, warum ihre Tochter einfach so verschwand, ohne ein Sterbenswörtchen zu sagen, aber gleich so den Teufel an die Wand zu malen, lag ihr nicht. Sicher würde Emmylou spätestens morgen zurückkommen.

„Ja, hier ist McLester", hörte man Richard im Hintergrund. „Ich möchte meine Tochter Emmylou als vermisst melden. Sie ist seit heute morgen, vielleicht auch schon seit letzter Nacht verschwunden."

„Es gibt keine Motive", sagte er ungeduldig. „Außer vielleicht, dass ein junger Mann an ihrem Verschwinden nicht ganz unschuldig ist, aber bevor ich mich wieder mit meinem Geschäftspartner anlege, will ich Fakten haben. Sie leiten doch alles in die Wege, damit meine Tochter so schnell wie möglich gefunden wird? Gut. Danke für Ihre Hilfe."

Nur eine Viertelstunde später rief Elisabeth an und meldete ihren Sohn als vermisst. Der Sheriff war zwar verwundert, warum ausgerechnet nun ein Junge als Vermisst gemeldet wurde und reimte sich seinen Teil zusammen, erwähnte Elisabeth gegenüber aber kein Wort davon, sondern versprach ihr nur dasselbe wie Richard McLester: So schnell wie möglich Hilfe und ein Suchkommando.

VII. Cigaretts & Alcohol

„Guten Morgen, meine Schöne", flüsterte Sam Emmylou ins Ohr, als er erwachte. „Worauf hast du heute Lust?"

„Mal sehen", murmelte Emmylou und rieb sich den Schlaf aus den Augen. „Irgendetwas wird uns schon einfallen, nicht wahr, mein Schatz?"

„Worauf du Gift nehmen kannst, Baby", Sam küsste sie so gierig, als habe er sie ewig nicht geküsst. „Lass uns noch ein Stückchen weiter fahren, bis wir ein hübsches Plätzchen für uns gefunden haben, und wir definitiv ungestört sind, ab da lassen wir unserer Phantasie dann freien Lauf…" Sam erhob sich und setzte sich ans Steuer. Emmylou, natürlich seine Beifahrerin, kicherte die ganze Fahrt über und ließ sich durch das geöffnete Fenster die ganze Zeit den Wind durch die Haare pusten.

„Ich habe mich noch nie so frei gefühlt, wie ich es jetzt bin", seufzte sie glückselig. „Zu Hause haben mich alle nur genervt und gestresst, es gab ständig Moralpredigten, weil ich mich angeblich für eine heranwachsende Dame nicht anstandsgemäß aufgeführt hätte, aber hier bin ich völlig frei…"

„Auch nur auf Zeit, leider", bedauerte Sam. „Unsere Eltern werden bestimmt eine Vermisstenanzeige aufgeben, wenn sie nicht sogar selbst nach uns suchen, und in ein paar Tagen hat uns die Polizei..."

„Ach Liebster, sieh doch nicht immer gleich schwarz", widersprach Emmylou leichthin. „Und außerdem ist es mir egal, dass ich gesucht werde, denn daran ist doch mein Dad selbst schuld, denn er hat mir den Umgang mit dir verboten, und außerdem sind wir ja nur für ein paar Tage nicht da…"

„Recht hast du", stimmte Sam Emmylou zu und lenkte den Wagen geschickt durch eine enge Passage, bis der an einem Fluss, der sich durch die Prärie schlängelte, anhielt und den Motor ausstellte. „Ich glaube, das hier ist unser Zuhause für die nächsten paar Tage", sagte er zufrieden. „Wenn es uns nicht mehr gefällt, können wir ja einfach weiter ziehen, bis die Polizei uns einfängt und uns wieder nach Hause bringt…"

„Ja, es ist hübsch hier", urteilte auch Emmylou, stieg aus dem Auto und breitete die Arme aus. Sam stieg ebenfalls aus und schlang die Arme um den Oberkörper seiner Freundin.

„Werden wir hier glücklich, Liebling?",
fragte er leise.

„Das werden wir, oh, Darling", sie drehte
sich um und küsste ihn leidenschaftlich.
Emmylou schmiegte sich immer enger an
Sam und befühlte unterdessen seinen muskulösen Oberkörper, während auch seine
Hände ihren Körper langsam, aber dennoch
sehr interessiert zu erforschen begannen.

„Womit beginnen wir unser Abenteurer,
Liebste?", wollte Sam wissen, nachdem er
sich von ihr gelöst hatte. „Schlag etwas vor,
was du schon immer mal machen wolltest,
bisher aber nie durftest." „Da gibt es viel",
überlegte Emmylou. „Sich so verhalten, wie
ich es für richtig halte… ich habe keine
Lust mehr auf die Rolle der kleinen, süßen,
unschuldigen Lady, ich habe Lust, mal richtig über die Stränge zu schlagen."

„Aber genau deshalb sind wir ja hier, Em-
my-Schatz", wisperte Sam und zog eine
Zigarette aus seiner Brusttasche. „Auch
eine?" Emmylou steckte sich das Ding in
den Mund und ließ es sich anzünden. Als
sie den ersten Zug genommen hatte, musste
sie fürchterlich husten.

„Bäh", rief sie aus. „Das ist ja scheußlich…
ich kann nicht verstehen, was einige Leute

daran so toll finden." Auch Sam musste heftig husten und warf die brennende Zigarette schließlich in den Sand und trat sie aus.

„Versuch Nummer eins, ein wildes Leben zu führen, wäre schon kläglich gescheitert", brummte Sam düster. „Wenn das so beginnt... na dann mal Prost."

„Reg dich doch nicht so auf", besänftige Emmylou ihren Freund. „Nur weil es mit dem Rauchen nicht geklappt hat, heißt das noch lange nicht, dass wir die Flinte ins Korn werfen müssen... es gibt noch 100 andere Methoden, wie man ein wildes Leben führen kann... lass uns etwas anderes ausprobieren."

Sam warf die restlichen Zigaretten ärgerlich ins Auto und begann, ausgelassen herumzualbern, und Emmylou liebevoll zu necken. Gemeinsam haschten sie sich, rannten durch die Prärie und lachten, bis sie nicht mehr konnten.

„Sam", kreischte Emmylou atemlos. „Lass uns eine Pause machen, ich kann nicht mehr, außerdem habe ich Durst, und ich möchte etwas trinken." Sam ließ von seiner Gefährtin ab und holte aus dem Kofferraum des Cadillacs zwei Flaschen hochprozentigen Whiskey, dann ließ er sich neben Emmylou nieder.

„Was ist das?", fragte sie erstaunt.

„Whiskey. Noch nie getrunken?", sagte Sam und öffnete eine der Flaschen, um sich einen kräftigen Schluck darauf zu genehmigen. „Probier auch mal, das Zeugs ist echt gut…"

Emmylou setzte an und ließ etwas von der Flüssigkeit ihre Kehle herunter rinnen. Es brannte wie die Hölle, aber dieses Mal wollte sie nicht kneifen und trank die halbe Flasche leer. „Wirklich", prostete sie Sam zu. „Das Zeug ist wirklich echt krass."

Es dauerte nicht lange, bis der Alkohol seine Wirkung zeigte, und bald tanzten Sam und Emmylou ausgelassen wie zwei kleine Kinder durch die Gegend und rissen derbe Witze.

„Oh Mann, mir geht's echt so gut", grölte Sam und zog Emmylou an sich. „Küss mich, Baby, nur einmal!"

„Ich kann dich auch mehrmals küssen", gurrte Emmylou albern, setzte die Whiskeyflasche an und trank noch einen Schluck von dem Teufelszeug, der offenbar zu viel des Guten war. Sie kotzte sich nahezu die

Seele aus dem Leib, so lange, bis nur noch bittere Galle aus ihrem Mund floss, sie zitternd auf dem staubigen Prärieboden hockte, und die Hände auf die Knie gelegt hatte.

„Scheiße", murmelte sie und ließ sich nach hinten fallen. „Scheiße." Sam, noch immer stockbesoffen, hatte es sich im Auto bequem gemacht und schlief wie ein kleines Kind, tief und fest. Emmylou wankte auch ins Auto und machte es sich auf den Vordersitzen irgendwie bequem, dann schlief sie ein.

Emmylou erwachte am nächsten Tag, weil Sam sie zärtlich küsste.

„Und?", fragte er. „Wie hat´s dir gestern gefallen?"

„Oh Gott, war ich besoffen", resümierte Emmylou. „Als du schon geschlafen hast, habe ich alles wieder ausgekotzt, es war einfach nur scheiße."

„Hab ich gesehen", sagte Sam verständnisvoll. „Mir brummt auch noch der Schädel von diesem Teufelszeug gestern. Ich glaube, ich will nie wieder besoffen sein… es gibt definitiv bessere Möglichkeiten, den absoluten Kick zu bekommen."

„Die da wären?", erkundigte sich Emmylou kichernd.

„Eine Sache haben wir ja noch offen", ließ Sam verlauten. „Rauchen, Saufen, Ficken, das sind die Dinge, die auf der Erde am meisten Spaß machen, sagte mein Dad immer. Und da die beiden ersten Sachen uns nicht wirklich gefallen haben, bleibt wohl nur noch letzteres übrig…"

Ehe Emmylou etwas erwidern konnte, beugte sich Sam zu ihr und küsste sie fordernd. „I need you like water…", flüsterte Emmylou und erhob sich von den Vordersitzen des Cadillacs.

„Ich dich auch", erwiderte Sam und begann, seine Freundin mit Schokolade zu füttern. „Lass uns ´nen Gang runter schalten", schlug er vor. „Und uns richtig viel Zeit für das nehmen, was wir wirklich wollen…"

„… damit wir alle Zeit der Welt haben, um es zu genießen", fügte Emmylou viel sagend hinzu und schmiegte sich an Sam. „Ich war noch nie so glücklich, wie ich es jetzt bin…"

VIII. Premiere und darüber hinaus

Als Auftakt standen Emmylou und Sam auf dem heißen Präriesand und tauschten intensive Zungenküsse aus, die erst von Sam unterbrochen wurden, weil seine Lippen rau geworden waren. „Was ist, Darling?", fragte Emmylou, als Sam von ihr abließ.

„Lass uns nachher weiter machen", erklärte er sachlich. „Meine Lippen werden langsam rau und ich möchte dich nicht küssen, wenn ich raue Lippen habe, verstehst du?"

Emmylou strich mit dem Zeigefinger über die Lippen ihres Freundes. „Dann… was machen wir jetzt?" Nachdem beide etwas unschlüssig in der Gegend herumgestanden hatten, ging Sam zum Auto und fischte das Kamasutrabuch aus seinem Rucksack.

„Hast du Lust?", fragte er und wedelte mit dem Buch in der Hand herum.

„Woher hast du das denn?", erkundigte sich Emmylou erstaunt. „Sag bloß, du hast dir das extra gekauft, um…"

„Nein, Süße", unterbrach Sam sie und küsste ihre Haare. „Ich habe es bei meinem Dad im Schrank gefunden und dachte, es könnte ganz brauchbar sein."

„Gib mal her", Emmylou riss ihrem Freund das Buch aus der Hand und schlug eine beliebige Seite auf. „Schwebender Schmetterling", las sie vor und begutachtete die Abbildung dazu. „Meine Güte, da muss man ganz schön gelenkig sein, um das nachturnen zu können."

„Wer sagt denn, dass wir gleich mit dem schwersten anfangen müssen?", lockte Sam, dem deutlich anzumerken war, dass er Lust auf Sex hatte. „Die Missionarsstellung tut´s für den Anfang doch auch."

„Sam", stieß Emmylou hervor. „Du bist ja fast wie mein Exfreund, der hat auch alles mögliche unternommen, um mich flach zu legen."

„´tschuldige", flüsterte Sam und zog seine Freundin noch ein Stück näher an sich. „Ich hab das Buch nur eingesteckt, weil ich dachte, es könnte als Bettlektüre ganz brauchbar sein…"

„Ich bitte dich", spottete Emmylou. „Etwas dümmeres hätte dir ja wohl nicht einfallen können. Hättest du lieber die Bibel oder den Knigge eingepackt, das wäre wesentlich brauchbarer gewesen als ausgerechnet ein Kamasutrabuch."

„Wieso hast du denn nichts Intellektuelles eingepackt?", stichelte Sam zurück. „Nur wertloser Tand, den kein Mensch braucht!"

„Das ist nicht wahr!", wehrte sich Emmylou lautstark. „Nur weil du keinen Sinn für eine Familie hast... ihr Männer seit doch alle gleich."

Sam wurde wütend und wollte diese Behauptung keineswegs auf sich sitzen lassen. „Emmylou", sagte er mit fester Stimme. „Du weißt ganz genau, dass das, was du da gesagt, nie und immer auf mich zutrifft."

„Beweis mir doch das Gegenteil, Baby", forderte Emmylou ihn auf und Sam nahm diese Herausforderung nur zu gern an.

„Wie du willst", sagte er. „Aber beschwer dich im Nachhinein nicht, dass etwas passiert, was du nicht wolltest."

„Da passe ich schon auf", versicherte Emmylou und grinste schelmisch. Sam überlegte einen Moment, wie er am besten anfangen sollte, dann ging er dazu über, seine Freundin ein bisschen mit Zärtlichkeiten zu locken.

„Hast du schon mal einen Erotikfilm gesehen?", fragte er, während beide auf einer Decke herumlagen und in die Ferne sahen.

„Na hör mal", Emmylou strich sich eine Locke aus dem Gesicht. „Natürlich, mehrmals sogar, auch wenn mein Dad mir das verboten hat. Aber besonders unterhaltsam sind die nicht, eher langweilig. Man sieht ja nichts außer nackten Frauen – und nackten Männern, allerdings nur von hinten…" „Klingt ja fast so, als seiest du in dieser Hinsicht eine Art Expertin", neckte Sam, bevor er ihren Hals küsste.

„Wirst du frech?", tadelte Emmylou, konnte aber nicht verbergen, wie sehr sie seine Zärtlichkeiten genoss.

„Nein", wisperte Sam, als er mit der Zunge ihre Halsgegend untersuchte. „Oh Sam", seufzte Emmylou glücklich und ließ es zu, dass er anfing, sie auszuziehen. Er streifte ihr das Oberteil von den Schultern und zog es so weit aus, dass ihre Brüste wie reife Beeren hervorsprangen.

„Ich verstehe überhaupt nicht, warum du solche Angst hast, dich irgendwo leicht bekleidet oder nackt zu zeigen", flüsterte er. „Du bist wunderschön, ob du nun etwas anhast oder nicht."

Emmylou zog Sam zärtlich das Shird über den Kopf. Beide küssten sich lang und innig, bevor sie sich an die weiteren Schritte machten.

„Darf ich?", fragten Sams Augen, als er Emmylou endgültig ausziehen wollte.

„Ja, du darfst", bedeutete ihr Nicken. Vorsichtig betastete er Emmylous Intimbereich. Als er auf Haare stieß, hielt er einen Moment inne.

„Natürlich rasiere ich mich", versicherte Emmylou rasch. „Aber ich habe mich ein paar Tage nicht rasiert, weil ich nicht dachte, dass es so weit kommen würde… wie magst du´s denn lieber … natur oder glatt?"

„Was für eine Frage", lächelte Sam. „Glatt natürlich…"

„Kannst du haben", kicherte Emmylou. „Ich habe ganz zufällig einen Rasierer eingesteckt… wenn du willst…"

„Nichts würde ich lieber tun", Sam erhob sich und suchte aus Emmylous Rucksack den Rasierer raus, ehe er zurückkam. „Wie gut, dass Wasser nicht weit ist." Emmylou erhob sich und wollte das Stückchen zum Fluss gehen, doch Sam trug sie gentlemanlike.

„Du weißt, wie man den…", setzte sie an.

„Für wen hältst du mich denn, Süße?", unterbrach er, nachdem er eine geeignete Stelle ausgesucht und sie abgesetzt hatte. „Natürlich weiß ich's." Emmylous Körper geriet schon fast in Ekstase, als Sam etwas Wasser über ihren Intimbereich laufen ließ. Sorgfältig - als hätte er nie etwas anderes getan – setzte er den Rasierer an und entfernte all die unliebsamen Härchen. Als Sam fertig war, beugte er sich runter und überprüfte mit seiner Zunge, ob die frisch rasierten Stellen auch wirklich absolut glatt waren.

„Hör nicht auf, verdammt", dachte Emmylou, in deren Kopf sich alles drehte, als Sam ihren Kitzler mit der Zunge erforschte. Auf dem Höhepunkt ihrer Emotionen ließ Sam von ihr ab und sah sie fordernd an. Emmylou untersuchte Sams Körper und testete, wo er besonders empfindlich war. „Mach weiter", feuerte Sam seine Freundin gedanklich an, als sie mit ihrer Zunge an seinem Schaft entlangfuhr, und als sie fertig war, braucht er ein paar Minuten, um wieder zu Verstand zu kommen. „Das war Schritt Nummer Eins", flüsterte er.

„… und jetzt kommt Schritt Nummer Zwei", fügte sie hinzu und erhob sich. Nach ein bisschen Herumgealbere auf der Decke zur Erholung gingen sie zum „Hauptgang" über, wie sie Sam ausdrückte.

„Wie war das vorhin mit der Missionarsstellung?", wisperte Emmylou. „Ich wüsste überhaupt gar nicht, wie sie geht."

„Soll ich es dir zeigen, Darling?", fragte Sam.

„Gerne doch…"

Sam entführte Emmylou so sanft und so zärtlich in die Welt der Erotik und Leidenschaft, dass sie es absolut nicht bereute, ihm ihre Unschuld geschenkt zu haben.

„Schrei, wenn du schreien willst", forderte Sam Emmylou auf. „Hier hört uns keiner…"

„Oh Sam", flüsterte Emmylou, als Sam in sie eindrang. Beide hatten dadurch, dass sie wussten, auf welchen Level sie standen, und sich aufeinander abgestimmt hatten, tatsächlich so viel Spaß an der ganzen Sache, dass sie kaum ein Ende finden konnten.

„Dafür, dass es unsere Premiere war, war's doch gar nicht so schlecht", grinste Sam, als sie nebeneinander lagen und sich musterten.

„Du hast mir gerade die Unschuld geraubt", flüsterte Emmylou. „Unter dem Sternenhimmel West Virginias…"

„Ehrlich?", fragte Sam erstaunt. „Ich wollte schon immer mal ein Mädchen entjungfern… und ich hätte mir kein besseres vorstellen können als dich."

„Sam", lächelte sie. „Ich bereue es nicht eine Minute, „es" getan zu haben…"

„Ich auch nicht, Schatz."

„Ich dachte immer, die Erwachsenen spinnen, wenn sie sagen, dass Sex Spaß macht, falls sie überhaupt mal darüber geredet haben."

„Jetzt weißt du selbst, dass es wirklich Spaß macht."

Emmylou bettete ihren Kopf auf Sams Brust. „Ich hatte anfangs Angst davor, mich für irgendwen auszuziehen", erklärte sie leise. „Ich habe das bisher nur für meine Dusche getan, für sonst niemanden."

„Hat dich noch nie jemand nackt gesehen?", fragte Sam. „Du bist auch im Evakostüm wunderschön… wie fühlt es sich jetzt an, nackt zu sein?"

„Aufregend", versuchte Emmylou das Gefühl zu beschreiben. „Aber mit hat wirklich noch nie jemand nackt gesehen, jedenfalls in den letzten Jahren nicht, wie es war, als ich klein war, weiß ich nicht, außer meinen Eltern vielleicht."

„Nicht mal deine Geschwister?", wollte Sam wissen.

„Nein, auch die nicht, ich besitze ein natürliches Schamgefühl, und ich möchte nicht, dass meine Brüder mich unbekleidet sehen, es wäre vielleicht etwas anderes, wenn ich eine Schwester hätte", erklärte Emmylou und erhob sich.

„Hey… wohin willst du?"

„Das verrate ich dir, wenn du mitkommst, Darling." Sam stand auf und folgte ihr.

„Dafür, dass du „es" noch nie gemacht hast, kannst du′s gut", gurrte sie und küsste ihn. „Und du hast vorher auch noch nicht mit einem Mädchen geschlafen?"

„Wenn ich′s dir doch sage", erklärte er, während er ihre Haare liebevoll zerzauste. „Bis zum heutigen Tag war für mich das Wort „Sex" nur graue Theorie… lediglich knutschen habe ich probiert…"

65

Emmylou drehte sich um. „Lass es uns noch mal versuchen", bat sie.

„Wie?", amüsierte sich Sam. „War ich dir nicht gut genug oder bist du auf den Geschmack gekommen?"

„Drei mal darfst du raten…"

Sie liebten sich auf der Motorhaube des Cadillacs, auf der Rückbank und schließlich auf dem staubigen Prärieboden.

„Ich hätte nie gedacht, dass Sex so süchtig machen kann", seufzte Emmylou erschöpft, als über ihnen die Sonne aufging und den neuen Tag ankündigte. „Wenn man jemanden hat, der es kann…" „Danke für das Kompliment, Darling, aber du hast auch einen nicht unwesenden Teil dazu beigetragen, das es so schön geworden ist", lächelte Sam und streichelte ihre Wange.

„Weißt du, dass wir nicht verhütet haben?", fiel Emmylou plötzlich ein. „Ich könnte jetzt schwanger sein…"

„Und wenn schon", sagte Sam leichthin. „Wenn du schwanger bist, dann soll's halt so sein, ich habe jedenfalls nichts dagegen."

„Oh Sam", strahlte Emmylou glücklich. „Du bist wirklich das allerbeste, was mir passiert ist."

IX. Spurensuche

Bobby McGuire drehte sich eine Zigarette und steckte sie sich in den Mund. Auf seinem Schreibtisch lagen all die Vermisstenanzeigen, die sich in der letzten Zeit bei ihm angehäuft hatten. Kinder, Teens, Erwachsene. Reiche und Arme. Ganz oben lagen Emmylou und Sam, seine beiden neusten Fälle, für die er auch sofort ein Suchkommando losgeschickt hatte. Obwohl es eigentlich offensichtlich war, dass beide gemeinsam unterwegs waren, zumindest war Bobby der Meinung, hatte er lieber zwei Suchtrupps losgeschickt, denn Ärger wollte er in keinem Fall mit den Eltern haben, die ihm vorwerfen könnten, er gehe seiner Arbeit nur schlampig nach und spare sogar noch an Personal. Das Telefon klingelte.

„Ja? Sheriff Bobby McGuire am Apparat, was kann ich für Sie tun, wie kann ich Ihnen helfen?", ratterte der Sheriff seine gewöhnliche Begrüßung herunter.

„Hier spricht McLester. Haben Sie etwas neues von meiner Tochter zu berichten, Mr. McGuire?", fragte Richard ungeduldig.

„Nein, leider nicht, Mr. McLester", bedauerte Bobby und zog zwischendurch an seiner Zigarette. „Aber die Suchtrupps durchkämmen gerade den Norden. Wie ist sie denn unterwegs? Hat sie ein Auto, ein Pferd?"

„Nicht, dass ich wüsste", überlegte Richard. „Alle meine Pferde sind noch da, und Auto fahren kann meine Tochter gar nicht. Wenn sie sich nicht unterwegs irgendetwas besorgt – illegal oder legal – hat, womit sie sich fortbewegen kann, dann ist sie zu Fuß unterwegs."

Bobby erwähnte absichtlich nicht, dass auch Sam O`Bryan als vermisst gemeldet war, denn sonst würde dieser Kerl vielleicht noch auf die dumme Idee kommen, selbst zu suchen, und das wollte er vermeiden. Mittlerweile hatte sich McGuire von Dorfbewohnern bestätigen lassen, dass Emmylou und Sam ein Techtelmechtel hatten, und er sah seine Vermutung, beide wären zusammen abgehauen, als bestätigt.

„Aber Sie bleiben dran und melden sich, sobald es etwas neues gibt, ja?", riss Richard den Sheriff aus seinen Gedanken.

„Wie? Ja, natürlich", versprach Bobby. „Ich tue alles, was in meiner Macht steht."

„Das hoffe ich", sagte Richard mit Grabes-
stimme und legte auf. Bobby McGuire erhob sich. Anscheinend musste er sich persönlich um den Fall kümmern, sonst würde
dieser McLester niemals Ruhe geben.

„Also, wonach suchen wir?", brummte er,
als er in seinem Streifenwagen saß. „Ein
Junge, der mit einem Lackfarbenen Cadillac
über die Straßen West Virginias illegal fährt
und ein Mädchen, dass von zu Hause abgehauen ist. Mal sehen, ob ich die beiden
Turteltäubchen nicht irgendwo auflesen
kann."

Bobby McGuire fuhr zuerst die Highways
rund um die Siedlung ab, sah aber nichts
außer einer Herde aufgebrachter Rinder, die
sich gegenseitig mit ihren gewaltigen Hör-
nern anstießen und anscheinend um das
Futter kämpften, obwohl reichlich da zu
sein schien. Viehklau war auch immer ein
Thema in West Virginia, zumindest auf
dem Land, und es verging keine Woche, in
der nicht irgendeine Rinderherde verschwand. Aber Bobby war nicht hier, um
verschwundene Rinder zu suchen und ein-
zufangen, er suchte zwei Teens, die von zu
Hause abgehauen waren.

Der Polizist machte in einer angrenzenden Siedlung halt und nahm noch zwei Kollegen mit auf die Suche, weil er meinte, sechs Augen würden mehr sehen als nur zwei, und während sie schon fuhren, erklärte Bobby seinen Kollegen, wonach sie suchten. „Ein roter, lackfarbener Cadillac, und zwei Teens, ein Junge namens Sam und ein Mädchen namens Emmylou. Die beiden sind zusammen unterwegs, obwohl ihre Eltern sie zu unterschiedlichen Zeiten vermisst gemeldet haben, vermute ich mal, denn mir wurden von mehreren Leuten zugetragen, dass sie ein Techtelmechtel haben. Also, ihr wisst, wen ihr suchen müsst?"

„Ja", sagte der eine Kollege. „Wir werden die beiden Turteltäubchen schon irgendwo in ihrem Liebesnest finden."

Bobby McGuire lenkte den Wagen über die Straße und seine Mitfahrer sahen nach draußen. Nirgendwo war ein roter Cadillac und zwei Teens zu sehen.

„Entschuldigen Sie, Mr.", sagte Bobby zu einem Farmer, der an der Straße stand und genüsslich eine Feierabendzigarette rauchte. „Haben Sie hier einen roten Cadillac mit zwei Teens darin hier vorbeifahren sehen?"

„Nein, nicht das ich wüsste", sagte der Mann und pustete Rauchwolken in die Luft. „Hier fahren hauptsächlich die großen Tucks lang, andere Autos selten. Ein Jeep ist hier heute noch vorbei gefahren."

„Tut mir leid, einen Jeep suchen wir nicht, aber trotzdem Danke für Ihre Hilfe. Falls Sie doch einen roten Cadillac mit zwei Teens darin sehen sollten, bitte ich Sie, mir sofort Bescheid zu geben." „Mache ich", der Atem des Mannes roch nach Whiskey und Zigarette. „Aber versprechen kann ich nichts." Bobby kurbelte die Scheibe wieder hoch und fuhr weiter.

Die ganze Nacht suchten Bobby und seine Mitfahrer nach Emmylou und Sam, wurden aber nicht fündig. Zwei Uhr morgens beschlossen sie, die Suche vorerst einzustellen, und dann fort zu setzen, wenn die Sonne wieder aufging, auch wenn das sehr bald sein würde.

Am nächsten Tag setzten die Polizisten ihre Suche fort, unterbrochen von anderen Einsetzen und Anrufen der panischen Eltern, und so verbrachten sie den größten Teil damit, Angehörige zu beruhigen und zu versichern, dass man ihre Vermisstenanzeige nicht vergessen hatte. Erst als sich der

Tag dem Ende neigte, konnten Bobby und seine Mitfahrer wieder intensiv nach den verschwundenen Teenagern suchen, doch auch diesen Tag sollten sie kein Glück haben, sie fanden zwar einen roten Cadillac, doch der Besitzer war ein Liebhaber alter Autos, der noch nie etwas von Emmylou oder Sam gehört hatte und sie auch garantiert mit seinem Cadillac nicht unterwegs waren. „Tut mir Leid, da müssen Sie wo anders weiter suchen, bei mir sind keine Teenager, die Emmylou und Sam heißen", sagte der bullig wirkenden Mann und rieb mit einem Staubtuch wieder über eines seiner teuren, alten Autos, obwohl es gar nicht schmutzig war.

„Trotzdem vielen Dank für Ihre Hilfe, Mr.", sagte Bobby und fuhr weiter. „Na großartig", knurrte er während der Fahrt vor sich hin. „Es kann doch nicht so schwer sein, zwei Teenager in West Virginia mit einem roten Cadillac zu finden." Entnervt brachen er und seine Kollegen die Suche auch in dieser Nacht ab, und suchten erst am nächsten Morgen weiter.

X. Die Wildpferde

„Der Wagen springt nicht mehr an, Baby",
sagte Sam, nachdem er mehrmals versucht
hatte, das Gefährt zum Laufen zu bringen.
„Irgendetwas ist in ihm kaputt, denn Benzin
ist noch drin…"

„Und was machen wir jetzt?", fragte Emmylou ratlos. „Entweder bleiben wir hier
und warten, bis uns die Polizei aufliest,
oder wir gehen zu Fuß nach Hause."

„Ich will überhaupt nicht mehr nach Hause", Emmylou zog einen Schmollmund.
„Wer weiß, was mich für ein Gewitter da
erwartet. Mein Vater wird mich garantiert
auf ewig zu Hause einsperren und mich nie
wieder vor die Tür lassen."

„Ich will auch nicht wissen, was mich erwartet, wenn ich nach Hause komme", ü-
berlegte Sam und legte die Hand auf das
Lenkrad. „Wahrscheinlich schmeißt mich
mein Dad von zu Hause raus, aber das wäre
mir ziemlich egal, wenn ich ehrlich sein
darf… aber wir müssen zurück zur Zivilisa-
tion, oder wir sterben. Unsere Vorräte gehen zur Neige."

„Wieso?", fragte Emmylou erstaunt. „Wir haben doch Wasser vor der Autotür, und ein paar Kaninchen werde ich auch noch fangen können."

„Schön und gut", sagte Sam sachlich. „Aber im Sommer trocknet der Fluss aus und wir haben noch nicht mal mehr Wasser… und was ist, wenn du wirklich schwanger bist? Soll unser Baby hier zur Welt kommen? Wovon soll es leben, wovon sollen wir leben? Außerdem wird uns die Polizei noch früher oder später ja doch kriegen."

Emmylou musste einsehen, auch wenn sie es nicht wahrhaben wollte, dass ihr Freund recht hatte, dennoch wagte sie noch immer Kontra: „Ist es wirklich die einzige Alternative, die uns bleibt? Gibt es nicht noch einen anderen Weg, eine andere Möglichkeit? Ich könnte es nicht ertragen, von dir ein Leben lang getrennt zu sein, lieber würde ich sterben."

„Oh Emmylou", seufzte Sam, hingerissen von der Liebeserklärung seiner Freundin. „Ich liebe dich doch auch mehr als ich alles andere je geliebt habe, aber versteh doch, mein Schatz, ich möchte nur das Beste für uns beide." Sie küssten sich zärtlich und liebkosten einander.

„Es kann nicht die einzige Möglichkeit sein", war sich Emmylou sicher. „Es muss doch einen anderen Ausweg geben, da bin ich mir sicher, Liebster."

„Was schwebt dir für ein Plan vor, Süße?", wollte Sam wissen.

„Wie wäre es, wenn wir zur nächsten Stadt gehen, und uns als andere Menschen ausgeben, als wir wirklich sind", berichtete Emmylou von ihren Gedanken. „Und hauen so ab… wohin auch immer, und wenn wir gefragt werden, ob wir Emmylou und Samuel heißen, sagen wir einfach nein und nennen uns… also ich möchte Cordelia Higgins heißen… und du?"

„Oh Liebste", stöhnte Sam. „Du stellst dir das so einfach vor, wie ein Detektivspiel, dass wir zum Vergnügen spielen… verstehst du nicht, dass es entscheidend für unser beider Leben ist, was wir tun?"

„Natürlich verstehe ich, Schatz", verteidigte sich Emmylou. „Aber begreifst du nicht, dass ich alles versuche, um eine brauchbare Lösung für unser Problem zu finden, womit wir beide leben können, zusammen, versteht sich."

„Ach Liebste, ich möchte mich doch auch niemals von dir trennen, dazu liebe ich dich viel zu sehr", sagte Sam zärtlich und küsste Emmylou gierig, als habe er sie ewig nicht geküsst. „Wir müssen viel riskieren, wenn wir an eine gemeinsame Zukunft glauben…"

„Das ist es mir wert", ergänzte Emmylou. „Lieber würde ich mit dir im Gefängnis sitzen als in einem Palast ohne dich leben zu müssen… lass uns alles versuchen, was geht."

Beide packten ihre Sachen zusammen und machten sich nun auf den Weg ins nächste Dorf, zu Fuß, wohlgemerkt. Die Sonne brannte vom Himmel, aber dadurch, dass sie am immer mehr verschwindenden Bach entlangliefen, konnten sie immer mal anhalten, etwas trinken und sich erfrischen. Vor ihnen erstreckte sich die weiter Prärie, und in der Ferne verlief eine einsame Landstraße, über die seit Tagen nicht ein Auto mehr gefahren war.

„Geht's noch?", fragte Sam immer wieder, denn Emmylou keuchte vor Anstrengung. „Sollen wir eine Pause machen?"

„Nein", sagte sie dann immer. „Lass uns weiter laufen, wir müssen ins nächste Dorf kommen, sonst sind wir wirklich bald verloren." Also liefen beide weiter, ohne Rast gemacht zu haben, und als sich die Sonne am Himmel neigte, erreichten sie eine Bergkette, die von ein paar Schluchten durchzogen war.

„Morgen gehen wir da durch und dahinter ist eine Stadt", war sich Sam sicher, als er mit Emmylou auf der alten Decke lag und in die Sterne sah. „Dann können wir machen, was immer wir möchten." „Weißt du überhaupt, wo wir sind?", fragte Emmylou, während sie sich an ihn schmiegte. „Ich habe total die Orientierung verloren."

„Ja, ich weiß es zumindest ungefähr", behauptete Sam und zeigte in den Sternenhimmel. „Da oben ist der große Bär, und da ist Venus, der Morgenstern. Er strahlt heller als alle anderen Sterne überhaupt."

„Allein die Sterne wissen, was mal aus uns wird", flüsterte Emmylou und strich sich eine Locke aus dem Gesicht. „Oh, ich wünschte, ich wüsste, dass meine Zukunft eng mit deiner verbunden sein wird…"

„Das wird sie", bestimmte Sam. „Ich weiß, dass uns nichts mehr trennen kann, egal, mit welcher Gewalt es auch wüten mag…"

Unterdessen hatten Bobby und sein Suchteam am dritten Tag keinen Erfolg gehabt, und sie waren nah dran, völlig aufzugeben, und alles hinzuschmeißen, doch einen Tag wollten sie sich noch mal versuchen.

Am nächsten Morgen machten sich beide weiter auf den Weg zur einer der Schluchten, die das Gebirge durchzogen, so schnell es ging, denn die Hitze machte es schwer, rasch voran zu kommen und während sich Emmylou und Sam ihren Weg durch das Gebirge bahnten fuhren in der brütenden Mittagshitze – es war für Frühling in West Virginia ausgesprochen warm – Bobby und seine Kollegen zum hundertsten Mal durch die Prärie und fanden nach langem Suchen zumindest den roten Cadillac, sowie zwei leere Flaschen Whiskey, und eine angefangene Schachtel Zigaretten. „Meine Güte, die müssen hier aber ganz schön die Sau raus gelassen haben", staunte Orry Lincoln, der Bobby schon die ganze Zeit auf der Suche begleitete. „Kein Wunder, dass sie von zu Hause abgehauen sind. Die wollten ganz einfach mal ´n bisschen ein wildes Leben führen."

„Wie dem auch sein, wenn der Cadillac hier steht, können die beiden Turteltäubchen auch nicht weit sein", war sich Bobby sicher und setzte sich wieder ans Steuer seines Streifenwagens, ehe er losfuhr. „Spätestens heute Abend haben wir die beiden wieder eingefangen und zu ihren Familien zurückgebracht." Er trieb den Wagen zu hohen Geschwindigkeiten an, und es dauerte nicht lange, da hatte Orry mit dem Fernglas die beiden Vermissten entdeckt.

„Schalt das Blaulicht ein, ich glaube, die beiden, die da in eine der Schluchten einbiegen, sind unser Vermissten. Die haben wir gleich."

„Bleib mal kurz stehen", bat Sam, als sie in eine der Schluchten einbogen. „Was ist das da hinten, was da so leuchtet?" Emmylou drehte sich um und sah auch etwas leuchtendes, was die Straße entlangfuhr und sich ihnen rasch näherte.

„Ich weiß, was das ist", schrie sie mit einem Anflug von Panik in der Stimme. „Die Polizei! Sie sind hinter uns her!"

„Bist du dir sicher?"

„Siehst du sonst noch jemanden hier? Wenn sie nur auf normaler Dienstfahrt wären, würden sie nie mit Leuchtsignal fahren!"

Sofort begannen beide, zu rennen, um sich wenigstens verstecken zu können, denn die Flucht zu Fuß war nahezu lächerlich, da die Polizei mit dem Auto unterwegs wahr.

Plötzlich erscholl am Horizont ein gewaltiger Donner, obwohl keine einzige Wolke am Himmel zu sehen war. Es war eine gewaltige Herde Wildpferde, die sich mit donnernden Hufen ihren Weg durch die Prärie bahnten – und offenbar auch denselben Weg wie Emmylou und Sam gewählt hatten. Nun rannte das Paar doppelt um sein Leben: einmal der Verhaftung der Polizei davon, das andere Mal durch den Tod durch die Hufen der Wildpferde. Es war ein sinnloser Wettlauf, das wussten beide und so war es nur eine Frage der Zeit, bis einer von beiden – in diesem Fall war es Emmylou – stolperte und zu Boden fiel. Es war zu spät, um aufzustehen und weiterzulaufen, die Pferde und die Polizei waren viel zu schnell, als das beide je eine realistische Chance gehabt hätten. Sam, an der Hand seiner Freundin, ließ sich mit zu Boden reißen. Jetzt war sowieso alles egal und es kam nur noch darauf an, wer schneller war: die Pferde, deren donnernde Hufschläge mit jeder Sekunde deutlicher zu hören waren, oder die Polizei, die ihnen nach wie vor dicht auf den Fersen waren.

„I need you", flüsterte Emmylou und umklammerte fest Sams Hand.

„I need you, too, Baby", wisperte Sam zurück.

„Das war ein Abenteuer nach meinem Geschmack gewesen: ich habe geraucht, war einmal richtig stockbesoffen und habe meine Unschuld verloren – an meine erste große Liebe", war das Letzte, was Emmylou dachte, dann spürte sie nur noch einen stechenden Schmerz und wusste sofort, dass ihr Leben hier zu Ende war. Nun würde ihr niemand mehr in die Liebe zu Sam hineinpfuschen, sie waren nun für immer zusammen, wie Sam es ihr immer versprochen hatte.

XI. Revolver

„Nichts mehr zu machen, Boss", sagte einer der Polizisten, die mit Bobby auf Streife waren, zuletzt waren es vier Mann gewesen, die ihn begleitet hatten, als er neben Emmylou und Sam kniete. Er war sofort zu ihnen geeilt, als die Wildpferde verschwunden waren. „Wir sind zu spät. Sie sind bereits tot. Die Wildpferde haben sie zu Tode getrampelt."

„Scheiße", Bobby McGuire zündete sich eine Zigarette an und beorderte, die Leichen in die nächste Stadt fahren zu lassen, wo er sofort persönlich die unangenehme Aufgabe übernahm, Gus und Richard die Nachricht vom Tod ihrer Kinder zu überbringen.

„Hallo Mr. McLester", meldete sich McGuire am Telefon, als er in seinem Büro saß. „Ich habe eine schlechte Nachricht für Sie: wir haben Ihre Tochter zwar gefunden, aber sie ist tot…" Mehr brauchte er überhaupt nicht zu sagen, er hörte nur ein „Klack" in der Leitung und wusste, dass McLester aufgelegt hatte. „Scheiße. Scheiße. Scheiße!" In solchen Situationen hasste Bobby McGuire seinen Job mehr als alles andere.

Richard, rasend vor Wut, schnappte sich seinen Revolver, den er eigentlich nur gebrauchte, um Tiere zu töten, die er zum Dinner auf dem Tisch sehen wollte, und fuhr, ohne irgendwem auch nur ein Sterbenswörtchen zu verraten, wie ein gehetzter Krimineller zu Gus´ Ranch, der gerade dabei war, eines einer Pferde auf die Koppel zu geleiten und sich wunderte, wer dort so gehetzt angefahren kam. Bobby McGuire hatte Gus nicht erreicht, weil niemand im Haus war, denn Elisabeth war in die Stadt gegangen, um die neusten Nachrichten zu erfahren, ob ihr Sohn nun gefunden wurde, Gus hingegen war den ganzen Tag draußen und hörte das Telefon nicht.

„Du Dreckskerl, elender", schrie Richard, der nur mühevoll die Beherrschung wahren konnte, nachdem er aus dem Auto ausgestiegen war. „Du hast mich um das Leben meiner Tochter gebracht, du Schwein!"

Gus lächelte boshaft. Sein Plan war ja noch besser aufgegangen, als er es sich je erhofft hatte! Das Emmylou tot war, konnte ihm nur Recht sein. Es war für ihn eine Genugtuung, seinen Geschäftspartner so aufgewühlt zu werden. Das hatte er nun davon, dass er so geizig war und seine Pferde nicht herausgab! Das Sam eventuell tot sein könnte, interessierte ihn in diesem Moment absolut nicht, die Schadenfreude überdeckte alles.

„Geschieht dir ganz recht, du alter Geizhals, was glaubst du, warum ich meinen Sohn auf dein kleines Luder gehetzt habe?" Richard stutzte einen Moment, erst dann begriff er, dass alles nur ein Racheakt gewesen war und verlor völlig die Beherrschung. Ohne Vorwarnung tötete er seinen Geschäftspartner durch einen Kopfschuss.

„Oh Emmylou, mein Engel", schrie Richard schmerzerfüllt und setzte den Revolver an seinen Kopf, zögerte einen Wimpernschlag und drückte dann ab. Tot sank er zu Boden, und sein Blut färbte den sandigen Boden rot.

„Nun, endlich hören diese Intrigen auf", kommentierte Elisabeth, Gus´ Ehefrau und nun Witwe, die gerade aus der Stadt zurückgekommen war und vom Tod ihres Sohnes erfahren hatte, das Geschehen nüchtern, als sei ihr alles total egal und hätte sie nicht im Geringsten berührt.

Anmerkung: Der Song „I need you" , gesungen von Tim McGraw und seiner Frau Faith Hill, zu finden auf dem Album „Let it go" von Tim McGraw, diente mir als Anregung für diese Geschichte.

Das Cover entnahm ich Wikipedia (Geografie der Vereinigten Staaten).

Danksagung

Ich möchte einfach allen Menschen dafür danken, dass es sie gibt, denn ohne sie – woher auch immer sie kommen mögen, wie sie leben, an was sie glauben oder welcher Nation sie angehören – gäbe es für mich nichts zu erzählen.

Insbesondere möchte ich meiner Familie danken, meinen Eltern und Großeltern, die mir schon früh gezeigt haben, dass Lesen etwas ganz wunderbares ist, meiner Schwester, Rolf (für die großartige Hilfe bezüglich allem, wozu ich den PC brauchte), meiner gesamten Verwandtschaft, meinen Freunden (wo ihr auch seit oder hingehen werde), Lehrern, Mitschülern und allen, die ich in meiner Ausbildungszeit kennen gelernt habe.

Herstellung und Verlag: Books on Demand
GmbH, Norderstedt
ISBN 978-3-8370-2754-9